Le voyage de Monsieur Perrichon

FichesdeLecture.com

LE VOYAGE DE MONSIEUR PERRICHON (FICHE DE LECTURE)

Le voyage de Monsieur Perrichon (Fiche de lecture)

I. INTRODUCTION

Eugène Labiche est un romancier et, surtout, un auteur dramatique comique français né en 1815 et mort en 1888. Après des études classiques, il obtient une licence en droit.

Malgré la mauvaise réputation qui était attachée aux métiers du théâtre dans les milieux bourgeois au sein desquels il a évolué toute sa vie, Eugène Labiche décide de faire une carrière littéraire. Dès sa première pièce, *La Cuvette d'eau*, qui date de 1837, Eugène Labiche se fait remarquer par ses qualités de caricaturiste.

En 1860, il tente de faire entrer ses pièces à la Comédie-Française. Pour cela, il lui faut écrire des comédies plus sérieuses que les vaudevilles. *Le Voyage de Monsieur Perrichon* est sa première tentative, infructueuse. Ce n'est qu'en 1864 avec *Moi !* qu'Eugène Labiche y arrive. En février 1880, il a été élu à l'Académie Française.

Il a à son actif plus de 173 pièces, dont notamment *Le Voyage de Monsieur Perrichon*, comédie en quatre actes encore célèbre aujourd'hui. Cette pièce a été représentée pour la première fois le 10 septembre 1860 au théâtre du Gymnase, à Paris, et lui a valu le titre de « Roi du Vaudeville ». Ce vaudeville met en scène douze personnages, sans compter les commissaires et les voyageurs.

II. RÉSUMÉ DE L'ŒUVRE

Acte I

Nous sommes à la gare du chemin de fer de Lyon, à Paris. Monsieur Perrichon, carrossier très aisé, se retire des affaires. Pour l'occasion, il emmène sa femme et sa fille en voyage sur le Mont Blanc. Marjorin, employé désargenté et ami de Monsieur Perrichon, les attend à la gare pour il lui emprunter de l'argent.

Arrivé à la gare, Monsieur Perrichon est affolé et presse toute sa petite famille, se pensant en retard alors qu'ils sont très en avance. Il contrôle sans cesse s'ils n'ont rien oublié, stressant son épouse et sa fille. Pendant que Monsieur Perrichon s'inquiète et surveille l'enregistrement de leurs bagages, Madame Perrichon et sa fille Henriette rencontrent séparément deux jeunes gens, Daniel Savary et Armand Desroches, tous deux connaissances de bal et amoureux d'Henriette. L'un et l'autre ont l'intention de suivre la famille pour faire la cour à Henriette.

Monsieur Perrichon, toujours fou d'agitation et d'angoisse, prête finalement de l'argent à Marjorin en espérant avoir sa reconnaissance. Enfin le guichet ouvre et Monsieur Perrichon peut faire la file pour acheter ses billets.

Arrivent alors le commandant Mathieu et son domestique, Joseph. Le commandant fuit Anita, sa maîtresse, qui le ruine.

Quand Monsieur Perrichon a enfin les billets et a enfin enregistré leurs bagages, il dicte à Henriette les dépenses et les premières impressions du voyage. Sonne enfin le signal : tous les voyageurs accourent alors pour monter dans le train. En voulant embarquer, Daniel et Armand se rencontrent et se reconnaissent. Ils sont amis mais se découvrent rivaux. La lutte sera loyale, ils se le promettent.

Acte II

Nous sommes à l'intérieur d'une auberge, au Montanvert, près de la mer de Glace. Daniel et Armand sont attablés ensemble et, attendant la famille Perrichon, ils se racontent le voyage. Durant le trajet, ils ont réussi à s'installer dans le même compartiment que la famille Perrichon. Ils ont été aux petits soins de la famille, l'un donnant son journal à Monsieur et l'autre tenant le store cassé pour Madame. Ils ont ainsi suivi les Perrichon dans leur voyage, faisant passé leurs rencontres dans diverses villes pour du pur hasard.

N'y tenant plus d'attendre, Armand part à leur rencontre. Un peu plus tard, il revient à l'auberge avec la famille Perrichon. Monsieur est tombé de cheval et fut sauvé *in extremis* par Armand. Henriette et

Madame Perrichon sont éperdues de reconnaissance. À son tour, Monsieur Perrichon remercie Armand de lui avoir sauvé la vie. Mais, seul devant Daniel, il minimise le sauvetage d'Armand. Revigoré, Monsieur Perrichon décide de partir pour la mer de Glace. Il est accompagné de Daniel. Pendant ce temps, Armand discute avec le commandant Mathieu. Ce dernier veut, pour tenter de se sevrer d'Anita, que la banque où travaille Armand l'envoie en prison dès son retour à Paris. Armand, très surpris, accepte. Arrive ensuite Madame Perrichon. Armand profite de se retrouver seul avec elle pour lui signifier son intention de demander sa fille en mariage.

Soudain arrivent Monsieur Perrichon et Daniel. Ce dernier serait tombé dans une crevasse et, sans l'aide de Monsieur Perrichon, il serait mort. Le carrossier se comporte en sauveur majestueux et raconte à tout va la mésaventure. Monsieur Perrichon est devenu un grand admirateur de Daniel qu'il décide de placer à côté de lui dans la voiture, laissant Armant sur le siège à côté du voiturier, à l'extérieur, malgré la pluie torrentielle.

Acte III

Nous sommes dans le salon des Perrichon, à Paris. La famille Perrichon rentre de voyage. Ils apprennent qu'Armand et Daniel sont venus tous les jours depuis leur propre retour à Paris chez les Perrichon pour prendre de leurs nouvelles. Madame Perrichon fait alors remarquer à son époux qu'il doit leur rendre une visite. Monsieur Perrichon est d'accord avec sa femme : « Certainement j'irai le voir… ce brave Daniel ! » C'est Henriette qui lui rappelle d'aller voir Armand également.

Seuls, Monsieur et Madame Perrichon discutent des prétendants d'Henriette. Monsieur préfère Daniel, ce que ne comprend pas son épouse. N'arrivant pas à trancher, ils interrogent leur fille. Mais Monsieur Perrichon tente de l'influencer. Ne sachant que répondre, Henriette finit par choisir Armand, au grand dam de son père.

Arrive alors Majorin. Il vient prévenir Monsieur Perrichon qu'il ne pourra le rembourser avant le lendemain, midi. Le carrossier lui dit alors qu'il voulait lui rapporter une montre en souvenir de Genève mais qu'il se l'était fait confisquer par la douane car il l'avait cachée pour ne pas payer de taxe dessus. Arrive Armand Desroches, au grand plaisir d'Henriette et de Madame Perrichon qui disent à Majorin que le jeune homme a sauvé

Monsieur Perrichon. Celui-ci minimise de nouveau l'histoire. Rapidement après arrive Daniel, au grand plaisir de Monsieur Perrichon. Directement, ce dernier raconte en détail comment il a sauvé le jeune homme.

Jean, le domestique des Perrichon, interrompt la conversation. Il a une assignation à comparaître au nom de Monsieur Perrichon car celui-ci avait injurié un douanier. Armand propose alors de s'occuper de l'affaire : il est ami avec un employé supérieur de l'administration des douanes qui pourrait convaincre le douanier de retirer sa plainte. Monsieur Perrichon est plein de reconnaissance pour son sauveur.

Voyant qu'il est en train de perdre la partie, Daniel décide de continuer de flatter la vanité de Monsieur Perrichon. Il fait mine d'accepter la victoire d'Armand et de se retirer, mais il annonce en même temps à Monsieur Perrichon qu'il a l'intention de faire reproduire en peinture l'incident de la mer de Glace et de mettre le tableau au musée de Paris. Flatté dans son orgueil, Monsieur Perrichon revient sur son intention de donner la main de sa fille à Armand.

Arrive ensuite le commandant Mathieu. Il vient demander réparation de l'injure écrite par Monsieur Perrichon dans le cahier de l'auberge de Montanvert. Le carrossier refusant de s'excuser, il lui donne alors rendez-vous le lendemain pour un duel d'honneur. Devant Daniel, Monsieur Perrichon fait bonne figure. Mais dès que le jeune homme est parti, livide, il décide d'écrire au préfet de police pour le prévenir du duel. Ce genre de chose étant interdite, il se dit que, ainsi, le préfet empêchera la débâcle. Ce qu'il ignore, c'est que Daniel a eu la même idée. Avertie, Madame Perrichon écrit également une lettre au préfet de police pour l'avertir du duel tandis qu'Henriette prévient Armand.

Acte IV

Nous sommes maintenant dans le jardin de la famille Perrichon. Monsieur Perrichon et Majorin, son témoin, sont stupéfaits du manque de tristesse de Madame et sa fille alors qu'ils sont tous les deux tenus par la peur.

Quand Monsieur Perrichon se décide enfin à partir, Armand arrive et annonce à son futur beau-père que le duel n'aura pas lieu : en effet, il vient à l'instant d'emprisonner le commandant Mathieu comme celui-ci lui avait demandé en Suisse. Retrouvant son courage, Monsieur Perrichon est contrarié : il avait prévenu par lettre tous ses amis qu'il allait se battre, le voici maintenant ridicule. Il en est à reprocher cela à Armand quand arrive le commandant Mathieu. Ce dernier, désireux de rétablir son honneur, a réglé ses dettes pour pouvoir sortir de prison. Voyant qu'il n'aura d'autres choix que de combattre, Monsieur Perrichon décide alors de s'excuser devant témoins. Lorsque le commandant Mathieu part, Monsieur Perrichon est furieux et il renvoie Jean, témoin de son humiliation. Il reporte la faute de cette scène sur Armand.

Armand est désespéré par l'ingratitude et le mépris qu'affiche Monsieur Perrichon envers lui. Henriette arrive et tente de le consoler en lui disant qu'elle l'aime. Cela à pour effet de redonner un infime espoir au jeune homme.

Après le départ d'Henriette arrive Daniel. Sûr de sa victoire, il enseigne ses erreurs à Armand. Il lui apprend également la vérité sur l'histoire de la mer de Glace : il n'était pas tombé dans une crevasse mais s'était glissé dedans pour faire croire à Monsieur Perrichon qu'il avait besoin d'aide. Il lui dit également que c'est lui qui a fait mettre dans le journal la version glorifiante du sauvetage.

Lorsqu'arrive la famille Perrichon, Armand croit dur comme fer à sa défaite. Et Monsieur Perrichon entretient la méprise : « Monsieur Daniel... mon ami ! [...] J'ai déjà fait beaucoup pour vous... je veux faire plus encore... Je veux vous donner... [...] Un conseil... (Bas.) Parlez moins haut quand vous serez près d'une porte. [...] Oui... je vous remercie de la leçon. (Haut.) Monsieur Armand... vous avez moins vécu que votre ami... vous calculez moins, mais vous me plaisez davantage... je vous donne ma fille... » En effet, Monsieur Perrichon a entendu le récit de Daniel et a choisi Armand comme gendre.

III. PRÉSENTATION DES PERSONNAGES PRINCIPAUX

La comédie bourgeoise de Labiche est un très fidèle miroir des mœurs. Les personnages sont parfois très légèrement détachés, mais ils vivent dans leur cadre et ils sont dirigés par leurs habitudes, leurs tics, leurs principes. Ils sont parfois monstrueux, mais seulement parce qu'ils sont placés dans des situations qui les obligent à exagérer leur personnalité. Ils ont rarement conscience de ce qu'ils sont. Quand ils s'imaginent se connaître, ils se trompent régulièrement et grossièrement.

Perrichon

Monsieur Perrichon est un carrossier, c'est-à-dire un fabricant de carrosses. Il vient à peine de se retirer des affaires. Il vit bien, financièrement parlant. C'est autour de lui que tourne toute l'intrigue. Il a tout de l'honnête bourgeois : la suffisance, l'ingénuité, l'ambition mondaine et une morale quelque peu soumise aux circonstances.

Madame Perrichon

C'est l'épouse de Monsieur Perrichon.

Henriette Perrichon

Henriette est l'enfant unique du couple Perrichon. L'histoire nous laisse comprendre qu'elle est sortie du pensionnat depuis peu. Elle va danser chaque semaine au bal du Huitième Arrondissement.

Armand Desroches

Armand Desroches est un des prétendants d'Henriette. Il l'a fait danser au bal. Il est à la tête d'un établissement bancaire. Il sauve plusieurs fois Monsieur Perrichon, le rendant son obligé, ce qui blesse la vanité et l'orgueil de son futur beau-père.

Daniel Savary

Daniel Savary est le deuxième prétendant d'Henriette. Il l'a, lui aussi, fait danser au bal. Il est à la tête d'une compagnie de paquebots. Il choisit une autre méthode pour plaire à Monsieur Perrichon : il s'arrange pour devenir son obligé et il flatte constamment sa vanité et son orgueil.

Les personnages secondaires

Marjorin

Marjorin est un ami désargenté de la famille Perrichon. Il emprunte de l'argent à Monsieur. Il met constamment en évidence l'avarice de Monsieur Perrichon.

Le commandant Mathieu

Le commandant Mathieu est un ancien zouave. Injurié dans un livre d'auberge par Monsieur Perrichon, il lui demande réparation. Ce dernier, ayant peur du combat, finit par lui faire de plates excuses devant témoins.

IV. AXES DE LECTURE

Le genre du vaudeville

Le vaudeville est une comédie légère, d'abord mêlée de couplets chantés, avec une intrigue fantaisiste pleine de quiproquos et de coups de théâtre.

Au XIXe siècle, il profite de l'engouement pour le spectacle et est le principal bénéficiaire de la naissance du grand public bourgeois. Dès lors, deux tendances majeures commencent à s'affirmer : d'une part, le vaudeville anecdotique emprunte à l'actualité des faits divers, prétextes à de petits tableaux de mœurs souvent sentimentaux et moralisateurs ; d'autre part, le vaudeville-farce donne dans le bouffon et le loufoque.

À la fin des années 1820 apparaît la comédie-vaudeville, pièce comique où l'intrigue progresse à grand renfort de quiproquos, de renversements de situation et de coups de théâtre, dont *Le Voyage de Monsieur Perrichon* fait partie. Il faut également noter que la pièce d'Eugène Labiche est le premier vaudeville écrit pour être parlé et non chanté.

La critique de la bourgeoisie

Cette pièce est une critique de la bourgeoisie enrichie sous le Second Empire. Elle est notamment remarquable pour la fine caractérisation de la bourgeoisie du XIXe siècle. Monsieur Perrichon est l'archétype de l'honnête bourgeois : commerçant enrichi, enflé de vanité, d'ambition mondaine et d'une morale quelque peu soumise aux circonstances et dont Eugène Labiche disait : « Cet animal [le bourgeois] offre des ressources sans nombre à qui sait les voir, il est inépuisable. » Par ces traits, Monsieur Perrichon ressemble au célèbre Monsieur Jourdain de Molière (*Le Bourgeois gentilhomme*).

Des personnages comme Marjorin et le commandant Mathieu semblent avoir été créés par Eugène Labiche dans le seul but de renforcer la caricature de Monsieur Perrichon. De même, l'auteur utilise une ironie grinçante à l'encontre de Monsieur Perrichon. Les spectateurs rient de lui, modèle ridicule de la bourgeoisie. Sans être absolument avare, il est très soucieux de conserver son pécule : son ami Majorin, qui n'est pas aussi riche et lui emprunte de l'argent, le souligne sans cesse. Finalement, Monsieur Perrichon est victime de sa pingrerie, puisqu'il est assigné en justice pour avoir voulu soustraire des montres aux douaniers et éviter de payer la taxe.

L'ingratitude, un des thèmes fondamentaux de la pièce

L'un des thèmes fondamentaux de la pièce est celui de l'ingratitude. Monsieur Perrichon est sauvé de la mort par Armand et il croit sauver la vie de Daniel. Il rejette le premier (qui lui a pourtant sauvé la vie) et s'attache au deuxième.

L'explication, la voici : « Les hommes ne s'attachent pas à nous en raison des services que nous leur rendons, mais en raison de ceux qu'ils nous rendent » (Acte IV, scène 8, p.89). « [...] vous lui avez sauvé la vie. Vous croyez peut-être que ce souvenir lui rappelle un grand acte de dévouement ? Non ! Il lui rappelle trois choses : primo, qu'il ne sait pas monter à cheval ; secundo, qu'il a eu tort de mettre des éperons, malgré l'avis de sa femme ; tertio, qu'il a fait en public une culbute ridicule... » (p. 87-88).

L'ingratitude de Monsieur Perrichon envers Armand occupe trois actes sur quatre. On la voit passer par différents stades, augmenter petit à petit, et arriver à son paroxysme dans le dernier acte.

Monsieur Perrichon, à Armand : « De quoi vous mêlez-vous, à la fin ? [...] Est-ce que vous ne perdrez pas l'habitude de vous fourrer à chaque instant dans ma vie ? [...] Assez de services, monsieur ! Assez de services ! [...] Je n'aime pas les gens qui s'imposent... c'est de l'indiscrétion ! Vous m'envahissez !... » (pp.83-84).

Dans la même collection en numérique

Les Misérables

Le messager d'Athènes

Candide

L'Etranger

Rhinocéros

Antigone

Le père Goriot

La Peste

Balzac et la petite tailleuse chinoise

Le Roi Arthur

L'Avare

Pierre et Jean

L'Homme qui a séduit le soleil

Alcools

L'Affaire Caïus

La gloire de mon père

L'Ordinatueur

Le médecin malgré lui

La rivière à l'envers - Tomek

Le Journal d'Anne Frank

Le monde perdu

Le royaume de Kensuké

Un Sac De Billes

Baby-sitter blues

Le fantôme de maître Guillemin

Trois contes

Kamo, l'agence Babel

Le Garçon en pyjama rayé

Les Contemplations

Escadrille 80

Inconnu à cette adresse

La controverse de Valladolid

Les Vilains petits canards

Une partie de campagne

Cahier d'un retour au pays natal

Dora Bruder

L'Enfant et la rivière

Moderato Cantabile

Alice au pays des merveilles

Le faucon déniché

Une vie

Chronique des Indiens Guayaki

Je voudrais que quelqu'un m'attende quelque part

La nuit de Valognes

Œdipe

Disparition Programmée

Education européenne

L'auberge rouge

L'Illiade

Le voyage de Monsieur Perrichon

Lucrèce Borgia

Paul et Virginie

Ursule Mirouët

Discours sur les fondements de l'inégalité

L'adversaire

La petite Fadette

La prochaine fois

Le blé en herbe

Le Mystère de la Chambre Jaune

Les Hauts des Hurlevent

Les perses

Mondo et autres histoires

Vingt mille lieues sous les mers

99 francs

Arria Marcella

Chante Luna

Emile, ou de l'éducation

Histoires extraordinaires

L'homme invisible

La bibliothécaire

La cicatrice

La croix des pauvres

La fille du capitaine

Le Crime de l'Orient-Express

Le Faucon malté

Le hussard sur le toit

Le Livre dont vous êtes la victime

Les cinq écus de Bretagne

No pasarán, le jeu

Quand j'avais cinq ans je m'ai tué

Si tu veux être mon amie

Tristan et Iseult

Une bouteille dans la mer de Gaza

Cent ans de solitude

Contes à l'envers

Contes et nouvelles en vers

Dalva

Jean de Florette

L'homme qui voulait être heureux

L'île mystérieuse

La Dame aux camélias

La petite sirène

La planète des singes

La Religieuse

À propos de la collection

La série FichesdeLecture.com offre des contenus éducatifs aux étudiants et aux professeurs tels que : des résumés, des analyses littéraires, des questionnaires et des commentaires sur la littérature moderne et classique. Nos documents sont prévus comme des compléments à la lecture des oeuvres originales et aide les étudiants à comprendre la littérature.

Fondé en 2001, notre site FichesdeLectures.com s'est développé très rapidement et propose désormais plus de 2500 documents directement téléchargeables en ligne, devenant ainsi le premier site d'analyses littéraires en ligne de langue française.

FichesdeLecture est partenaire du Ministère de l'Education du Luxembourg depuis 2009.

Plus d'informations sur www.fichesdelecture.com

ISBN: 978-2-511-02980-0

Notes :